ÍNDICE

CAPÍTULO UNO
LOCURA DE DINOSAURIOS

Paisley tenía una gran imaginación, pero incluso a ella se le dificultaba imaginar cómo un campesino había encontrado fósiles de dinosaurio a sólo treinta y ocho millas de Roarington.

¡Fósiles de dinosaurio justo en la base de la montaña Roarington!

—¡Son noticias épicas! —dijo Ben, su mejor amigo.

Paisley intentó imaginarse a los dinosaurios caminando en el Roarington prehistórico. Los paleontólogos de la universidad ya estaban estudiando los fósiles para encontrar más. Paisley esperaba que su papá tuviera información privilegiada ya que trabajaba como biólogo ahí.

Los niños de la primaria Roarington enloquecieron con el descubrimiento. La directora, la Sra. Protón,

UNA CURVA EN EL TIEMPO

De J.L. Anderson

Ilustrado por Alan Brown

Traducción de Pablo de la Vega

www.rourkebooks.com

Edición de: Keli Sipperley
Diseño de los interiores y la portada de: Rhea Magaro-Wallace
Ilustraciones de la portada y los interiores de: Alan Brown
Traducción al español: Pablo de la Vega
Edición en español: Base Tres

Library of Congress PCN Data

Una curva en el tiempo / J.L. Anderson
(Paisley Átomos)
ISBN 978-1-73165-954-5 (hard cover)
ISBN 978-1-73165-955-2 (soft cover)
ISBN 978-1-73165-956-9 (e-book)
ISBN 978-1-73165-957-6 (e-pub)
Library of Congress Control Number: 2024952267

Printed in the United States of America
01-0342511937

Estimados padres de familia y profesores:

La próxima científica de fama mundial Paisley Átomos y su mejor amigo, Ben Ariete, no temen causar revuelo en su búsqueda de descubrimientos. Usando el sótano de Paisley como laboratorio, constantemente los dos están inventando, explorando y, bueno, creando desastres. Paisley también tiene algunas cicatrices que atestiguan su trabajo. Las lleva como insignias de honor.

Estas aventuras electrizantes entretejen hechos fascinantes, citas de científicos famosos y explicaciones sobre diversos fenómenos dentro de ingeniosos diálogos, impulsando sigilosamente la comprensión de sus lectores sobre temas científicos. Desde las ondas de sonido hasta los dinosaurios, pasando por el lecho marino y la Luna, Paisley, Ben y sus amigos resultan compañeros perfectos para complementar el currículum de Ciencia, Tecnología, Ingeniería, Arte y Matemáticas (STEAM).

Cada libro ilustrado por capítulos incluye un experimento o actividad científica, la biografía de una mujer en la ciencia y bromas.

Además, cada libro incluye notas en línea para profesores y padres de familia con ideas para incorporar la historia en un plan escolar. Estas notas abarcan temas de discusión, información sobre el contexto, ideas para llevar a cabo en espacios de colaboración abierta, preguntas de comprensión y recursos en línea adicionales. Las notas están disponibles en: www. Rourkebooks.com.

Deseamos que disfruten de Paisley y sus amigos tanto como nosotros.

Feliz lectura,
Rourke Educational Media

incluso había encabezado una excavación en la escuela con los alumnos de quinto grado antes de que iniciaran las clases. Suki y Sumi vestían atuendos de safari a juego, aunque no querían ensuciarse.

La perfeccionista de Whitney-Raelynn sorprendió a Paisley al cavar un hoyo con sus propias manos.

—Encontraré el esqueleto más completo de la historia —dijo.

Ben cavó un poco más rápido.

Whitney-Raelynn tenía más tierra en su elegante suéter que la que Paisley tenía en su camiseta, pero para Paisley era un orgullo tener una cicatriz en el hombro a causa de sus locas aventuras, algo que Whitney-Raelynn no tenía.

—Los dinosaurios no pueden volver a la vida como sucede en las películas, ¿cierto? —preguntó Arjun al descubrir algo blanco y sólido.

—¡Grrrrrrr! —gritó Rosalinda mientras se acercaba rápidamente por detrás de él.

—¡Aaaaah! —gritó Arjun. Se alejó corriendo de la roca que estaba excavando con una velocidad que habría rivalizado con la del dinosaurio con forma de avestruz, el Dromiceiomimus.

Rosalinda se rio tan fuerte que le dio tos.

Esa fue la parte más emocionante de la excavación ya que nadie tuvo suerte encontrando fósiles. Paisley planeó excavar más tarde con Ben en el patio trasero de su casa. Lo malo era que entre el porche y la piscina casi todo estaba cubierto de concreto.

Cuando sonó la campana de entrada a la escuela, los maestros de la primaria Roarington les asignaron todo tipo de proyectos sobre dinosaurios. Paisley y Ben tendrían que leer libros sobre dinosaurios, escribir teorías acerca de los dinosaurios e incluso la Sra. Decibel los hizo cantar canciones de dinosaurios.

—En su próximo proyecto harán un modelo que muestre cómo piensan que se veía un dinosaurio —dijo la Sra. Matraz, la maestra de ciencias.

—Estos terribles lagartos me darán pesadillas —dijo Arjun.

Paisley rio, pero no tan fuerte como Rosalinda.

La palabra «dinosaurio» significa «lagarto terrible», aunque en realidad no eran lagartos. A Paisley tampoco le parecían terribles.

Paisley y Ben empezaron a trabajar en su modelo de dinosaurio después de escarbar en su patio trasero al finalizar la escuela. A Newton, la mangosta de Paisley, le pareció muy divertido cavar hoyos en el césped. Se abalanzó y comió gusanos hasta que su estómago se hinchó como un balón.

—Qué mal que no podemos excavar en el jardín de los Pendlebury —dijo Paisley.

Cuando se asomó sobre la valla del vecino, vio a la pequeña Mia espiándolos. La saludaron con un movimiento de mano y salió corriendo.

Papá tenía listos nuggets vegetarianos en forma de dinosaurio para que Paisley y Ben los comieran una vez que se hubieran limpiado, tal como solía prepararlos cuando tenían la misma edad que Mia.

—¿Por qué superamos nuestra etapa de dinosaurios? —preguntó Paisley mientras hundía un nugget en aderezo ranch.

—No estoy seguro de eso. Quizá sólo la enterramos bajo otras muchas etapas —dijo Ben. De su mochila, sacó una de sus viejas y usadas enciclopedias sobre dinosaurios. Paisley y él solían leerla juntos en voz alta para memorizar datos, como que algunos dinosaurios eran tan pequeños como un pollo (Compsognathus) o tan grandes como dos autobuses de doble nivel (Seismosaurus).

—Eso es verdad, pero ya no estamos tan obsesionados como antes —dijo Paisley. Se rio pensando en cómo su papá les había confeccionado sábanas de dinosaurios y su mamá había podado un arbusto frente a la casa para que pareciera un Alosaurio. Sus vecinos, el Sr. y la Sra. Pendlebury, los habían obligado a cortarlo después de Halloween porque les parecía de mal gusto.

Después de cenar, papá mostró a Paisley y a Ben una réplica de los fósiles encontrados cerca de la montaña Roaring.

—Conviene tener amigos paleontólogos en la universidad —dijo papá.

¡Paisley sabía que podía contar con él! Su papá alzó la réplica del fósil.

—¿Pueden ver el hoyo en la cavidad de la cadera? Esta característica los distinguía. Los ayudaba a estar de pie. De otra manera, sus patas habrían estado a los lados, como en otros reptiles.

—¿Esto ayudaba a los dinosaurios a correr más rápido? —preguntó Ben.

—Exacto —dijo el papá de Paisley.

Newton escaló al hombro de Paisley después de olfatear la réplica. A Paisley le sorprendió descubrir que los huesos fueran huecos y sus paredes delgadas. Fue como si su papá pudiera leerle la mente.

—Esto nos indica que se trataba de un terópodo, uno de los dinosaurios carnívoros de patas bestiales —dijo su papá—. Un grupo especializado de terópodos desarrolló la habilidad de volar, aunque sigue siendo un misterio si aprendieron a volar hacia el cielo desde la tierra o hacia el suelo desde los árboles. Hoy en día, conocemos a los terópodos como aves —añadió con mucho entusiasmo, como si él tampoco hubiera superado su etapa de dinosaurios desde la infancia.

Su mamá se portó igual cuando Paisley habló con ella por videollamada. Usualmente tenía una flor en la oreja, pero esa noche tenía puesta una brillante pinza de dinosaurio en el cabello. Newton quiso agarrarla en la pantalla, de lo brillante que era.

—Hola, *mija*. Qué noticias tan emocionantes las de Roarington —dijo su mamá—, y las de aquí de México también.

Su mamá estaba realizando un proyecto de investigación en México, intentando encontrar en la naturaleza cosmos encarnados, las flores que se pensaba estaban extintas. Las cosmos encarnados eran hermosas flores color borgoña que olían a chocolate. También le contó a Paisley sobre un cementerio de dinosaurios descubierto cerca del lugar donde se estaba hospedando.

—Algunos dinosaurios tenían incluso plumas fosilizadas —dijo su mamá—. De cualquier forma desearía estar ahí contigo para poder ayudarte con tu proyecto científico.

—¡Gracias, mamá! De hecho, me acabas de dar muy buenas ideas.

—Feliz dino-descubrimiento, *mija* —dijo su mamá, lo que era un poco cursi, pero hizo que Paisley sonriera.

Cuando Ben regresó esa noche, Paisley estaba impaciente por empezar a trabajar en el modelo de dinosaurio. Se dirigieron al laboratorio en el sótano de la casa de Paisley para elaborar un esqueleto basado en la réplica de los fósiles. Usaron papel de baño y tubos de cartón para los huesos.

Luego, colocaron los músculos usando plastilina. Después de que el papá de Paisley se explayara hablando sobre las características de los dinosaurios, se aseguraron de crear músculos mandibulares que llegaran hasta la parte superior del cráneo.

—Este será el modelo de dinosaurio más preciso de la clase —dijo Paisley.

—Y el más artístico —dijo Ben bostezando. Newton estaba acurrucado en su regazo, roncando.

Se hacía tarde mientras formaban la piel usando bolsas de basura recicladas. Su modelo de dinosaurio aún necesitaba un poco de pintura y algunos detalles cuando el papá de Paisley asomó la cabeza en el laboratorio.

—¡Es casi la hora de ir a dormir! —dijo—. Ambos tienen que terminar por hoy.

—Caray, es mejor que me vaya a casa antes de que mis papás vengan por mí y me lleven a rastras —dijo Ben. Sus papás trabajaban desde casa, que quedaba justo al lado de la de los Átomos. En realidad, en el pasado ya lo habían arrastrado a casa desde el laboratorio. Bueno, su papá lo había recogido y llevado cargando. En aquel entonces era más pequeño.

—Nos falta tan poco para terminar —dijo Paisley, luchando contra un bostezo—. ¿No crees que podríamos poner la pintura y agregar los detalles súper rápido?

—Puedes pintar si quieres, pero tenemos un gran día repleto de dinosaurios mañana —dijo Ben.

Paisley rio pensando en las canciones que la Sra. Decibel los haría cantar.

Después de que Ben se fuera, el periódico local llamó a su papá para pedirle su opinión sobre el descubrimiento del fósil.

Paisley planeaba sólo agregar algunos detalles menores al proyecto, pero se dejó llevar un poco. De hecho, se dejó llevar mucho.

Ben tenía razón sobre la parte artística, y Paisley deseó que no se molestara con ella.

CAPÍTULO DOS
IDEAS ESCANDALOSAS

Paisley tenía el modelo de dinosaurio cubierto cuando se encontró con Ben para ir a la escuela.

—¿Lo pintaste? —preguntó Ben.

Paisley asintió y luego intentó distraerlo con planes para escabullirse en el jardín de los Pendlebury a buscar fósiles.

—Yo podría ayudarlos —dijo Mia brincando desde atrás de un poste.

—¡Ih! —gritó Paisley, y casi deja caer el modelo—. Por favor, no nos asustes así. No deberías estar espiándonos.

—Perdón —dijo Mia. Usaba un atuendo igual al de Paisley.

—¿Puedo ver el modelo? —preguntó Ben.

—Seguro, apenas lleguemos a la escuela. Parece que va a comenzar a lloviznar —dijo Paisley.

O Ben no estaba poniendo atención al cielo mayormente soleado o estaba preocupado de que Paisley dejara caer el modelo, porque no dijo nada.

Paisley lo mantuvo cubierto hasta la gran revelación en la clase de ciencias. Todos los alumnos crearon modelos de dinosaurios interesantes. El modelo de Rosalinda parecía más un monstruo que un dinosaurio y molestó a Arjun con él.

Arjun hizo un Diplodoco, un dinosaurio de cola y cuello largos.

—Es fantástico —dijo Paisley—, aunque este tipo de dinosaurio es un saurópodo, no un terópodo —compartió lo que su papá había dicho sobre los huesos de terópodo y la conexión con las aves. Arjun se cruzó de brazos.

—No soy un genio de la ciencia como tú, pero al menos este dinosaurio comía plantas y no daba miedo.

—Aún quedan muchas preguntas sin respuesta acerca de los dinosaurios, y el propósito de hacer los modelos es ejercitar nuestra imaginación —dijo la Sra. Matraz, dirigiendo una dura mirada a Paisley.

Paisley se encogió en su asiento y se guardó sus comentarios cuando Suki y Sumi presumieron su modelo, un Pteranodon. Sus compañeros murmuraron con admiración.

—Qué maravilloso modelo de dinosaurio —dijo la Sra. Matraz.

Paisley no se pudo quedar callada por más tiempo.

—De hecho, el Pteranodon es un reptil volador que vivió en la era de los dinosaurios. Los dinosaurios caminaban por el suelo.

La Sra. Matraz dirigió a Paisley otra mirada. Paisley guardó silencio.

—¿Puedes creerlo? —Paisley le susurró a Ben, quien se encogió de hombros.

Whitney-Raelynn hizo un Velociraptor muy realista con una piel camuflada de colores que parecía de serpiente.

Sus compañeros aplaudieron, y Whitney-Raelynn hizo una reverencia.

Paisley se mantuvo de brazos cruzados, con los labios sellados, hasta que fue el turno de Ben y de ella de mostrar su modelo. Sus compañeros dieron un grito ahogado cuando Paisley lo descubrió, especialmente Ben:

—¿Le pusiste plumas azules a nuestro Tiranosaurio rex?

—Azul tornasol, y sólo en algunos puntos lógicos —dijo Paisley.

—Un Tiranosaurio verde selva con plumas azules parece más bien una caricatura —dijo Rosalinda.

Suki y Sumi se rieron.

—Si te preocupa tanto la precisión con los dinosaurios, Paisley, ¿por qué no hiciste que tu modelo fuera más preciso? —preguntó Whitney-Raelynn.

La Sra. Matraz asintió. Paisley resopló a pesar de que había previsto una respuesta similar.

—Personalmente, pienso que lo hice. Ya que no hay ninguna muestra fosilizada de la piel, sólo podemos adivinar. Se hizo un estudio hace tiempo en el que mostraba que la proteína de los huesos de Tiranosaurio ayudaba a mostrar una conexión entre los dinosaurios y las aves actuales.

—Un pariente del Tiranosaurio tenía una especie de plumas, por lo que es posible —dijo Ben—. Algunos

científicos también encontraron a un sangriento dinosaurio con forma de pavo real.

—Hum —dijo la Sra. Matraz.

Paisley podía notar que su maestra de ciencias no estaba convencida y sintió ganas de abrazar a su mejor amigo. Deseaba que hubiera una manera de regresar el tiempo y demostrar que no estaba equivocada.

—No estás enojado conmigo, ¿cierto? —Paisley le preguntó a Ben mientras caminaban a casa después de clases.

—Me sentí muy impactado al principio, supongo —dijo Ben—. Sólo me habría gustado que me mostraras el modelo antes, para estar preparado.

—No fue justo de mi parte —dijo Paisley—. No quería que te molestaras porque no compartí antes contigo lo que me decía mi imaginación.

—No debí haberte dejado sola con el resto del trabajo —dijo Ben. Estiró la mano y Paisley la estrechó—. Todo está bien —dijo él.

—Estaríamos mejor si pudiéramos demostrar lo que dijimos —dijo Paisley—. Si pudiéramos ir al Mesozoico con una cámara, REALMENTE sorprenderíamos a la primaria Roarington y al mundo entero.

Ben entrecerró los ojos como si estuviera pensando, o incluso intentando ver el pasado. Paisley supo que había captado su interés.

—No tenemos mucho que perder —dijo Ben. Después de un instante, agregó—: Supongo que nuestras vidas, si sale mal.

—Nada va a salir mal —dijo Paisley.

De alguna manera, Mia había llegado a casa antes que Paisley y Ben. Los saludó mientras escarbaba en el jardín frontal.

—Hay muchas cosas geniales aquí —dijo.

—Apuesto a que sí —dijo Paisley—. Gracias por no asustarnos.

—Podrían ayudarme... —comenzó a decir Mia.

—Lo siento, pero tenemos planes importantes —dijo Ben interrumpiéndola.

Mia hizo pucheros mientras seguía escarbando junto al árbol. Paisley esperó que la Sra. Pendlebury no se molestara demasiado por el jardín o por la suciedad en la ropa de Mia.

Cuando Paisley y Ben llegaron al laboratorio, esbozaron algunos planes para la máquina del tiempo.

—¿Qué es lo suficientemente grande para que quepamos? —preguntó Paisley.

—Un refrigerador —dijo Ben. Lo mismo había pensado Paisley—. ¿Crees que tus papás estén de acuerdo en que lo tomemos prestado?

Paisley lo pensó un instante.

—Están bastante comprometidos con la ciencia. Ya viste cómo mi papá no deja de hablar de los dinosaurios.

Ben no tuvo objeción a eso.

Si todo salía como lo planeado, viajarían al Mesozoico y estarían de regreso a tiempo para la cena.

CAPÍTULO TRES
CAOS CON LA MÁQUINA DEL TIEMPO

El refrigerador era agradable... para ser un refrigerador. Era muy ancho y tenía puertas de acero inoxidable. No le quedaba mucha comida después de que al papá de Paisley le diera una racha de cocinar mucho. Paisley movió casi todo lo que quedaba a una hielera.

Ben hizo lo mismo con el congelador, que principalmente contenía una bolsa de hielo y algunos gusanos de harina congelados. El hielo ayudaría a mantener la comida del refrigerador fría. Newton obtuvo un premio de gusano de harina congelado.

Paisley y Ben colocaron la cámara digital con funciones de grabación en el compartimento de la mantequilla. Luego, desconectaron el refrigerador y usaron deslizadores de muebles para sacarlo de la casa y que se calentara en lo que ellos se preparaban para viajar por el tiempo.

¿Pero cómo lo harían? Ninguno de los dos tenía experiencia construyendo máquinas del tiempo.

Ben jugueteó con una válvula del congelador y suspiró.

—Stephen Hawking decía que los hoyos negros son máquinas del tiempo.

—Un hoyo negro no es una posibilidad ahora —dijo Paisley mientras revisaba el compresor en la parte posterior del refrigerador. Ben soltó una risita.

—Eso es exactamente lo que Stephen Hawking decía, pero tenemos tu llave antigua para ayudarnos a hacer que las cosas funcionen.

La llave antigua había activado muchas aventuras maravillosas para ellos. Paisley pasó los dedos por los dientes de la llave y se acordó de su mamá, quien se la había dado. A su mamá le habría interesado mucho la moda de los dinosaurios y sus alas y plumas coloridas, pero principalmente le interesaban las plantas del pasado.

—El poder de la llave tiene que funcionar —dijo Paisley. Se metieron al refrigerador y presionaron la llave contra la válvula de expansión del congelador—. Por favor, permítenos visitar el Mesozoico —pidió.

El refrigerador estaba muy apretado y sus compartimientos dificultaban a Paisley chocar el puño con el de Ben. Tuvieron que torcer los brazos para lograrlo. Pum.

—¡Alianza Científica! —cantaron.

Al contrario de muchas de sus aventuras pasadas en las que habían seguido pasos similares, nada sucedió.

Paisley salió del refrigerador y presionó la llave contra una muesca en el compresor. Volvieron a chocar los puños, esta vez con más fuerza.

—¡Alianza Científica!

Nada aún.

—Quizá no estamos visitando el pasado por las razones correctas, porque lo que queremos es demostrar a los demás que están equivocados —dijo Paisley. No entendía muy bien cómo funcionaba la llave... o cómo no funcionaba.

—Aprender más sobre los dinosaurios nos ayudará a componer el modelo, si es necesario, y nos ayudará a entender mejor a los demás —dijo Ben—. Tenemos mucho que aprender de tantas preguntas sin respuesta.

Se quitó el reloj que había hecho y lo colocó junto al compresor. Había construido el reloj después de estudiar a Benjamin Banneker, el fantástico científico cuyo nombre llevaba.

El reloj era especial, pero no los llevó al pasado.

—Prométeme que no estás molesto conmigo por haberle dado rienda suelta a mi imaginación con nuestro modelo —preguntó Paisley.

—Quizá al principio —dijo Ben—, pero luego, conforme lo veía, pensé que era brillante.

—Gracias por ser tan buen amigo —dijo ella.

—Aún puedo mejorar —dijo Ben—. También tengo una idea, ya que el refrigerador podría ser demasiado frío. Hace poco, leí acerca de un experimento.

Regresó al laboratorio y tomó un poco de lana de acero. Paisley lo ayudó a remojarla en vinagre y luego la colocaron en el compartimiento de hielo cerca de la válvula de expansión. Ocurrió una reacción química cuando el vinagre removió el recubrimiento de la lana de acero. Esto no los ayudó a viajar en el tiempo, aunque el refrigerador se calentaba al tiempo que la lana de acero se oxidaba.

Paisley no estaba lista para darse por vencida, aunque se sintiera una «perdedora legendaria», como podría haber dicho Whitney-Raelynn. Acarició a Newton un poco mientras pensaba bien las cosas.

—¡Lo tengo! —dijo dando un brinco.

Newton parloteó mientras Paisley corría a casa en busca de la réplica del fósil. Quizá tenía cierto tipo de energía del fósil de dinosaurio real que podría hacer posible su aventurero viaje por el tiempo. La presionó contra la válvula.

El refrigerador zumbó, como si estuviera conectado, pero después de eso no sucedió nada más. En las manos de Paisley, la llave se sentía fría y sin vida.

—Quizá necesitemos el fósil real —dijo Paisley. ¿Cómo podrían tomarlo prestado de la universidad? Estaba a mucha distancia y el fósil estaría protegido.

—Pienso que tenemos que darnos por vencidos con el viaje en el tiempo. Tendremos que confiar en nuestra imaginación —dijo Ben.

—¡Esperen! —dijo una voz.

—¿Eres tú, Mia? —preguntó Paisley mirando al otro lado de la valla—. ¿Nos estás espiando de nuevo?

—¡Por supuesto! Ustedes se divierten más que yo —dijo Mia.

Paisley no sabía qué responder ya que en realidad se divertían mucho juntos. No podía imaginarse viviendo la vida de un Pendlebury.

—¿Piensan que esto es una roca o un diente de dinosaurio? —preguntó Mia.

Paisley la alcanzó a través de un hueco en la valla de madera. Mia puso el objeto en su mano. Era ovalado y medía alrededor de tres pulgadas de largo. El objeto tenía algunas líneas de fractura y era más oscuro y liso en un extremo.

—¡Mia, creo que encontraste un diente! —A pesar de la valla, Paisley podía ver a Mia sonriendo.

—¿Un diente de dinosaurio? —preguntó.

—Un diente de dinosaurio o de Pie Grande —dijo Ben.

—Pueden tomarlo prestado, si quieren —dijo Mia.

«Es una buena niña» —pensó Paisley—. Te lo regresaremos —dijo.

Eso pareció alegrar a Mia.

Paisley intentó algo diferente y presionó el diente y la llave cerca de una muesca en el dispensador de agua antes de meterse de nuevo. Definitivamente era un lugar apretado ahí adentro.

El refrigerador hizo un ruido metálico después de que Paisley y Ben chocaran los puños y gritaran:

—¡Alianza Científica!

El refrigerador zumbó de nuevo. Quizá, la fuerza vital del diente combinada con la mezcla de lana de acero y vinagre junto a la válvula, el reloj junto al compresor y los poderes de la llave antigua podrían estar funcionando.

—Por favor, permítenos visitar el Mesozoico —pidió Paisley.

El refrigerador se llenó de luz y calor. También de un apestoso olor a vinagre gracias al experimento de Ben. Algo más apestaba, pero Paisley no podía dilucidar qué olor era.

—Espero que Pie Grande no haya estado vivo en ese entonces —dijo Ben—, o de lo contrario nos dirigimos a una misión muy diferente.

Paisley sintió mucha emoción en el estómago, incluso antes de que el refrigerador los catapultara al pasado.

CAPÍTULO CUATRO
DINO-DESCUBRIMIENTO PELIGROSO

El viaje fue más aterrador que el de de la Torre del Terror del parque de diversiones, especialmente porque estaban apretujados en el refrigerador y no podían ver hacia dónde se dirigían.

Paisley no estaba convencida de la teoría del hoyo negro, pero se imaginó que el refrigerador estaba cayendo por uno. Al menos, así se sentía.

Si Paisley y Ben hubieran pasado más tiempo preparando su máquina del tiempo, habrían agregado un tren de aterrizaje y un panel de control. El refrigerador se estrelló en el suelo. Eso dejaría algunos raspones.

La puerta del refrigerador se abrió.

—¿Estás bien, Paisley? —preguntó Ben.

—Sí —dijo ella, preguntándose qué los esperaría al salir del refrigerador.

Ben salió primero, y luego ayudó a Paisley. Una ola de calor y humedad los recibió. El cielo era de un color rosa anaranjado, como si el sol hubiera comenzado a ponerse.

Paisley dio una bocanada para tomar aire.

—Es el dióxido de carbono extra de los volcanes —Ben intentó decir, aunque les tomó un tiempo a sus pulmones adaptarse.

Los pulmones de Paisley se adaptaron, y luego sus ojos.

¡Guou!

Su mamá se habría desmayado de ver tantos ejemplares de plantas y árboles gigantes. Árboles perennifolios más altos que las secoyas rojas se elevaban por encima de ellos. Plantas de aspecto selvático y helechos crecían tan lejos como podían ver.

—Oh, mira estas colas de caballo —dijo Paisley, estudiando una planta que parecía tener diversos portavelas—. Es mejor que vayamos por la cámara. ¿Ben? —dijo, dando la vuelta.

Paisley entendió por qué Ben se había quedado en silencio. Las plantas no eran los únicos seres vivos que los saludaban. Había un comité de bienvenida.

¡Dinosaurios! Reales. Vivos. Dinosaurios.

De nuevo, Paisley no podía respirar, y no tenía nada que ver con el dióxido de carbono en el aire.

Los ojos de Ben estaban muy abiertos y Paisley supo que estaba igual de maravillado que ella.

Estos dinosaurios eran del tamaño de un gran danés. Paisley notó que eran del mismo color que las colas de caballo, mezclados con algunas manchas cafés. Estaban cubiertos de vellos. ¿Las plumas estaban comenzando a crecer? ¿Eran dinosaurios bebé?

—Son terópodos —dijo Paisley—. ¡Comen carne!

Ben dio un paso atrás para tomar la cámara, pero uno de los dinosaurios gruñó y embistió.

—¡Cuidado, Ben! —gritó Paisley al tiempo que uno más avanzaba hacia él.

Ben cayó al suelo y el dinosaurio alzó el pecho, lamiéndose los labios. Paisley no necesitaba que su amigo calculara cuánto tiempo pasaría antes de que se convirtiera en comida.

Paisley sacó una de las bandejas del refrigerador, haciendo que algo se rompiera. El ruido asustó a los dinosaurios.

—¡Déjenlo en paz! —chilló Paisley y abanicó la bandeja hacia el dinosaurio del tamaño de un perro gigante que había atrapado a Ben.

La volvió a abanicar. ¡Pum! ¡Un... golpe directo en la nariz!

El dinosaurio chilló y salió corriendo. Paisley ayudó a Ben a ponerse de pie.

—Gracias.

Los otros tres dinosaurios se dirigieron al refrigerador. Lamían hambrientos algo que estaba dentro.

Eran unas sobras de espaguetis que habían olvidado. «No me extraña que el refrigerador apestara», pensó Paisley.

Uno de los dinosaurios agarró un frasco de pepinillos y botellas de mostaza y kétchup que Paisley había olvidado sacar. Ups.

Quizá Paisley podría escabullirse para tomar la cámara. Avanzó unos pasos hacia el refrigerador, pero uno de los dinosaurios se volteó hacia ella. Se agazapó, como si se preparara para atacar.

—¡Olvídalo! —gritó Ben—. ¡CORRE!

Paisley no sabía a dónde ir, pero corrió por un sendero de tierra. Estaba mareada por el viaje en el tiempo, la atmósfera extraña y el encuentro.

Si disminuía la velocidad, se convertiría en comida de dinosaurio. Los científicos del futuro o los niños pequeños que excavaran en sus jardines podrían encontrar sus fósiles y preguntarse cómo habría llegado ahí.

Justo cuando pensaron que habían escapado de los dinosaurios, las bestias los alcanzaron. Esas caderas especiales los hacían veloces como un rayo.

—¡Ahí! —Paisley le dijo a Ben, apuntando a un espacio abierto en un árbol perennifolio al que podrían trepar.

Conforme se acercaban, algo que sonaba como un puma chilló. Paisley tuvo miedo de mirar hacia arriba. Un reptil en el cielo mostraba unas alas tan grandes como un camión de mudanzas.

—Un Pteranodon —dijo Ben, maravillado.

Al contrario del modelo de Suki y Sumi, este tenía una cresta gigante en lo alto del cráneo. Volvió a chillar. El grupo de dinosaurios que perseguía a Paisley y a Ben retrocedió a causa del ruido, pero sólo por un instante.

Paisley llegó a un árbol perennifolio justo cuando uno de los dinosaurios rugió a sus talones.

—¡ALÉJATE! —gritó ella.

Estos dinosaurios parecían ser muy sensibles al ruido. Ben sonaba como un hombre de las cavernas cuando les gritaba.

Los animales retrocedieron. Esto le dio a Paisley el tiempo suficiente para escalar hacia una rama alta. Ben trepó detrás de ella.

Los pequeños y feroces dinosaurios brincaban bajo el árbol.

—¿Crees que puedan escalar? —Paisley le preguntó a Ben.

—Aunque no sean escaladores, si realmente lo quieren, podrían encontrar una manera de subir al árbol —dijo Ben.

Paisley hizo suficiente ruido para que los dinosaurios se alejaran veloces, con fortuna de manera definitiva. Ben y ella escalaron más alto hacia la seguridad de las ramas.

El suelo retumbó mientras algo se movía en su dirección. El árbol en el que estaban se sacudió y Paisley se asió fuerte de una rama.

—Abre los ojos —dijo Ben.

Paisley ni siquiera se había dado cuenta de que los había cerrado.

—¡Guou!

Un Diplodoco había acercado el cuello a la rama y los miraba fijamente. Por alguna razón, a Paisley los ojos del saurópodo se le hicieron parecidos a los de las vacas. El dinosaurio era de color café claro mientras que su espina dorsal era de un color café más oscuro.

El saurópodo inclinó la cabeza para analizar a los dos niños. Luego produjo un sonido muy parecido al del hipo.

—Una disculpa si te asustamos con tantos gritos —dijo Paisley. Arrancó una pequeña rama del árbol y se la ofreció al Diplodoco, quien se la comió de un solo bocado. Luego se alejó pesadamente. Esta vez, Paisley estaba preparada para que el árbol se sacudiera.

El estómago de Ben rugió. También Paisley tenía hambre, pero le preocupaba más convertirse en comida.

—Quizá esta no fue una de mis mejores ideas —dijo Paisley. Alejó a un insecto que parecía una pulga gigante.

—Quizá sea peligroso estar aquí, ¿pero viste a ese Pteranodon, Paisley?

—Ojalá tuviéramos nuestro equipo de grabación
—dijo ella. Ben asintió.

—Ni que lo digas. Nadie creerá que tuvimos un
encuentro cercano con un saurópodo. ¡Incluso le diste de
comer! —dijo él—. La gente pagaría una fortuna por
tener esta oportunidad.

Un grito escalofriante llenó el aire, como si algo
estuviera siendo atacado.

—Es verdad, pero yo pagaría una fortuna para evitar
ser comida —dijo Paisley.

CAPÍTULO CINCO
¡EUREKA!

—Pienso que para este momento, Arjun ya estaría en el tercer infarto —dijo Paisley. Por la forma en la que Ben se rio se podría pensar que había dicho la mejor broma de la historia.

—Me alegra que vivamos en tiempos modernos.

—Espero que podamos volver a casa —dijo Paisley.

El Sol continuaba su camino descendente en el cielo, que ahora era de color rosa púrpura. Se reflejaba en un cráter en forma de diamante lleno de agua.

—¿Crees que eso es la futura montaña Roaring? —preguntó Paisley.

—Es posible —dijo Ben.

Podrían estar visitando el pasado de hace millones de años atrás, pero la puesta del Sol se veía exactamente igual.

Mientras discutían qué hacer antes de que cayera la noche, miraron al mundo antiguo que los rodeaba. Un terópodo de aspecto curtido perseguía a uno más pequeño que tenía plumas. Justo en el momento en el que el más grande casi mordía al más pequeño, el terópodo con plumas saltó para escapar. Usó sus plumas para mantenerse en el aire más tiempo.

—Estuvo cerca —dijo Paisley.

—Es como el misterio del que hablaba tu papá —dijo Ben—. ¿Los dinosaurios aprendieron a volar saltando de los árboles o aleteando en el suelo? Pienso que los dinosaurios que podían permanecer más tiempo en el aire tenían más posibilidades de sobrevivir, hasta que se convirtieron en voladores de tiempo completo.

—Espero que podamos contarle a papá nuestro descubrimiento —dijo Paisley. Ni siquiera se había despedido de él antes de viajar en el tiempo. Notaría que el refrigerador no estaba y se preguntaría qué les habría sucedido. Mia podría intentar explicarle, pero estarían perdidos en la curvatura del tiempo para siempre.

Un Seismosaurus batió su cola a la distancia, creando un golpe sónico que por poco derriba a Paisley y a Ben del árbol.

—Realmente no quiero pasar la noche aquí —dijo Paisley. Espantó a otra pulga gigante.

—Yo tampoco —dijo Ben.

Paisley tampoco quería volver a toparse con la manada de hambrientos dinosaurios jóvenes al regresar hacia el refrigerador. Ben hizo de vigía mientras caminaban veloces. Ella se detuvo sólo cuando se topó con una gran pluma gris y se la guardó en el bolsillo.

A Paisley, su mamá siempre le llevaba algo de sus viajes, por lo que Paisley tomó un trozo de la cola de caballo para regalársela.

Algo se escabulló hacia un arbusto parecido a un pino.

—¿Oíste eso? —Paisley susurró.

—Sí. Deberíamos entrar de inmediato. —Ben fue el primero en llegar al refrigerador. La cámara estaba aplastada. También el frasco de pepinillos. Manchones de kétchup y mostaza hacían que el suelo pareciera un campo de batalla.

—¡Aaah! —Paisley casi había llegado al refrigerador cuando un dinosaurio saltó del arbusto como si los hubiera estado acechando.

¡Era un terópodo!

¡Un terópodo con plumas azul tornasol en el cuello!

—¡Eureka! —dijo Paisley. Eran del mismo tono de azul que aquel con el que había pintado las del modelo del Tiranosaurio. No había manera de que tomara una fotografía, pero quizá podría arrancar una pluma de su cuello. Quizá los terópodos podían ser amables como el saurópodo al que alimentó. Paisley se acercó, deseando tener un bocadillo para ofrecerle a cambio de la pluma.

—¿Qué haces? —gritó Ben—. ¡Métete al refrigerador!

Paisley estaba a punto de dar un paso más para robar la pluma cuando el terópodo le mostró una dentadura

completa de dientes muy afilados. Recordó lo que Ben había dicho acerca de un dinosaurio sangriento en forma de pavo real.

Ninguna pluma azul valía la pena a cambio de arriesgar su vida. Paisley podía saber que tenía razón sin necesidad de llegar al extremo. Tener razón parecía mucho menos importante que estar viva.

El terópodo de color brillante chilló.

Paisley brincó de regreso al refrigerador. Apenas tuvo tiempo de cerrar la puerta antes de que la bestia los atacara. Sus garras rayaron la puerta de acero inoxidable.

Paisley sacó la llave.

—¡Sácanos de aquí! Ya tuvimos suficiente del Mesozoico.

Nada sucedió en ese momento. ¿Los dinosaurios habían destruido su máquina del tiempo?

El dinosaurio de plumas azules rasguñó de nuevo el acero. ¿Cuánto tiempo pasaría antes de que descubriera cómo abrir las puertas?

—Por favor, por favor, llévanos a casa —Paisley suplicó.

El refrigerador hizo varios sonidos metálicos y luego zumbó. Viajar hacia adelante en el tiempo resultó ser otro recorrido por la Torre del Terror.

¡Pum! Aterrizaron en el jardín de Paisley.

Esta vez, fue Paisley quien ayudó a Ben a salir del refrigerador. Sus pulmones tuvieron que reajustarse de nuevo. Newton brincó hacia ella como si no la hubiera visto en millones de años. La pequeña mangosta los olfateó por todos lados.

—No puedo creer que hayamos podido escapar con vida —dijo Ben. Sonaba como si hubiera respirado el helio de un globo.

Mia estaba junto a la valla, en el mismo lugar en el que estaba antes de que se fueran.

—¿Cómo hicieron ese truco? —preguntó.

—¿Truco? —Paisley preguntó.

—El refrigerador estaba bien hace un segundo. Ahora está todo abollado y tú estás rasguñada —dijo Mia.

Paisley miró el refrigerador. En efecto, estaba abollado, con hendiduras profundas de garras, y ellos tenían varios rasguños. Sí, tenía una gran imaginación, pero nunca se imaginó esta aventura. Ben se rascó la cabeza como si él también estuviera intentando entender todo lo que había pasado.

Cuando tomó el diente de fósil de dinosaurio y caminó hacia Mia, Paisley sintió como si sus músculos se hubieran vuelto gelatina.

—Gracias por prestárnoslo —dijo. Paisley pensó en darle también la pluma, pero la necesitaba para pedir perdón a su papá. Lo mismo con la planta para su mamá. El refrigerador podría haber sido muy bueno, pero ni remotamente tan valioso como esos objetos. Paisley esperó que estuvieran de acuerdo.

Mia se quedó sonriendo hasta que la Sra. Pendlebury salió.

—¡Mia Pendlebury! ¿Qué hiciste con mi jardín y con tu ropa?

Mia los había ayudado, y Paisley quería ayudarla ahora.

—Mia encontró un fósil importante, debería estar orgullosa de ella.

La Sra. Pendlebury se burló del diente fósil.

—Tú no traes más que problemas, señorita —la Sra. Pendlebury le dijo a Paisley.

Paisley intentó no reírse en su cara. La Sra. Pendlebury no tenía la más remota idea. Los terópodos, esos sí traen problemas.

Mia parecía más alta mientras su mamá la escoltaba hacia la casa para tomar un baño. La Sra. Pendlebury vio de nuevo el diente fósil.

El estómago de Ben rugió más que nunca.

—Los he estado buscando a ustedes dos y al refrigerador —dijo el papá de Paisley al salir. Se detuvo y miró el machacado refrigerador.

—Tenemos mucho que explicar, pero ese refrigerador es ahora un artefacto arqueológico. También le hace falta una bandeja —dijo Paisley—. He aquí una oferta de paz del Mesozoico. —Sacó la pluma.

Papá pasó sus manos sobre los raspones del refrigerador y miró la pluma. Usualmente tenía mucho que decir, pero se quedó sin palabras por un tiempo.

—Necesito hablar con ustedes sobre seguridad mientras cenamos —dijo papá—. Y más vale que nos cuenten todo a tu mamá y a mí.

Papá no dijo nada acerca de que Paisley estuviera castigada... por el momento.

Al entrar, la casa de los Átomos les pareció a Paisley y a Ben mucho más cómoda y acogedora de lo normal. Ella estaba impaciente por regresar a la escuela al día siguiente, aunque ya no le importaba demostrarle nada a nadie. Ni siquiera a Whitney-Raelynn.

Ahora, Paisley podía imaginar fácilmente a Roarington en la prehistoria, así como a los dinosaurios que deambulaban por ahí. Aún quedaba mucho por aprender de los dinosaurios, pero ahora Paisley los apreciaba de manera distinta. Así como a su vida, después de haber sobrevivido algunos encuentros peligrosos con ellos.

Aun así, no pensaba que los dinosaurios fueran terribles. Al menos no lo eran en los libros.

¡Alianza Científica!

Haz un modelo de dinosaurio

Al igual que Paisley y Ben, tú también puedes hacer tu propio modelo de dinosaurio usando para hacer la estructura ósea, objetos como: rollos de toallas de papel, tubos de papel de baño y palitos de paleta. Luego, usa arcilla o plastilina para formar el cuerpo de tu dinosaurio. Puedes agregar una capa de piel usando papel de seda o bolsas recicladas. Podrías pintar tu modelo, también. Si lo deseas, ¡no olvides agregar detalles como escamas, plumas o pelo!

También puedes hacer un experimento con lana de acero, como el que hizo Ben en la historia.

Materiales:
- Lana de acero
- Vinagre
- Termómetro (que no sea digital)
- Jarra de vidrio con tapa (lo suficientemente grande para que el termómetro y la lana de acero quepan)

Paso 1

Coloca el termómetro en la jarra de vidrio algunos minutos para obtener una lectura base.

Paso 2

Coloca la lana de acero en la jarra.

Paso 3

Vierte una capa de vinagre sobre la lana de acero. Deja que se absorba durante un minuto.

Paso 4

Retira el vinagre y envuelve la lana de acero alrededor del bulbo del termómetro.

Paso 5

Regresa a la jarra la lana de acero y el termómetro. Cierra la tapa y espera cinco minutos.

Paso 6

Revisa la temperatura de nuevo y comprueba si ha aumentado debido a la reacción química.

Mujeres en la ciencia

Mary Anning fue una coleccionista de fósiles y paleontóloga mundialmente famosa, a quien se le conoce por importantes descubrimientos que hizo de capas de fósiles marinos jurásicos en los acantilados del canal de la Mancha. Los descubrimientos de Mary Anning fueron algunos de los descubrimientos geológicos más significativos de todos los tiempos. Estos llevaron a cambios fundamentales en el pensamiento científico acerca de la vida prehistórica y la historia de la vida en la Tierra.

Mary Anning (1799–1847)

Preguntas y respuestas con la autora

P: ¿Qué dinosaurio te gustaría estudiar si pudieras viajar en el tiempo a su época?

R: El *Seismosaurus*, para ver su enorme tamaño y para escuchar el golpe sónico que hacía al mover la cola... ¡desde una distancia segura!

P: **¿Piensas que el** *Tiranosaurio* **tenía plumas?**

R: Pienso que podría haber tenido «filoplumas» parecidas a las plumas.

P: **¿Cómo es tu proceso de escritura?**

R: Escribo un resumen de la trama y luego un borrador. Escribo la historia y luego la dejo de lado un tiempo antes de hacerla pasar por varias rondas de edición.

¡Ciencia divertida!

P: ¿Cómo se les dice a dos dinosaurios después de chocar uno contra otro?

R: ¡Accidentosaurus!

P: ¿Cuál sería un buen sobrenombre para un dinosaurio durmiente?

R: Roncasaurus.

¡¿Adivina qué?!

Científicos chinos descubrieron un dinosaurio, el *Zhenyuanlong suni*, que tenía alas grandes, talones y muchos dientes filosos similares a los del dinosaurio que Paisley y Ben vieron en la historia. Este descubrimiento es particularmente importante porque es el dinosaurio más grande jamás encontrado y mejor preservado con alas y plumas parecidas a las de las aves. El fósil podría ayudar a los científicos a entender mejor la conexión entre las aves y los dinosaurios.

Acerca de la autora

J.L. Anderson obtuvo su inspiración para ser escritora gracias a su educación, aunque alguna vez pensó seriamente en convertirse en bióloga, y también fue presidenta del club de ciencias de su secundaria. Actualmente, vive a las afueras de Austin, Texas, con su marido, hija y dos perros traviesos. Puedes conocer más acerca de ella en: www.jessicaleeanderson.com.

Acerca del ilustrador

La pasión de Alan Brown por los cómics, los dibujos animados y el dibujo lo han llevado a seguir su sueño de convertirse en artista. Su carrera como artista y diseñador independiente le han permitido trabajar en un amplio rango de proyectos, desde ilustraciones para revistas y diseño de juegos hasta libros para niños. Ha tenido la fortuna de trabajar en cómics como *Ben 10* y *Bravest Warriors*. Alan vive en Newcastle con su esposa, hijos y un perro.